flüchtig

flüchtig

notizen

von

holger burda

verlag 2020

lyrik

nein
sie stinkt
und ist tot!

sein

fristlos feiern
die frustlosen ihr glück
mit recht
und richtigkeit

von menschen vermachter wahnsinn
der monster schafft
blutverschmiert die liebe liebt
den kindern das glück der zukunft
verseuchtes gut zum leben nimmt
wie arm

man sagte mir als ich zur welt kam
lebe!
heute sagt das keiner mehr
eine ahnung ist geblieben

niemals sterben zu wollen
ist so leicht gesagt
doch was ist unser wollen wert
wenn wir nicht mehr leben

der glanz auf der haut am frühen morgen
metallglanz violett grün und blau
als wär ich totes fleisch des verderbens
oder eine dicke fliege aas

werden mit tau überzogen
und niemand wird gestatten
uns setzen zu dürfen
auf teure gelegenheiten des geldes

muffelherden ziehen am morgen
instinktgesteuert über wege
die grau und kahl schon längst bestehen
zu den weideplätzen ihrer art

alle sonnen sind gegeben
den winden und den dingen
sie fliehen und sie ruhen
irgendwo in dieser welt

im spiegelwasser sucht die meise
ein nest für ihre eier
und ertrinkt im graben
grüner zuversicht

angst

urwaldgeräusche aus dem foyer
ein tierisches rufen
foliengeknister
der angescheissten matratze
auf der ich liege heute nacht

einrichtung

was fehlt?
klobürste
küchenschrank
teppich
duschvorhang
spiegel
wasserkocher
lampen
herd
kühlschrank

in allen dingen ist das sein
in allen dingen wird es sein
es ist und wird gewesen
sein ist das trinken am tresen

der der ich bin
wer ist er?
wo ist der
der ich war?

tränen die nicht geweint
verdunsten hinter den augen
liegen schwer im blut
machen müde und schwer

freunde die verloren
wörter die gestorben
menschen die vergessen
gesichter die verschimmert
wie allein kann der mensch stehen
ohne zu fallen?

alte erkenntnisse platzen
endlich überfällig
es war nur eine frage der zeit

neues tritt an altes recht
stärker freier gleicher wahrer
voll lust nach reiner einheit

bin nicht eins sondern zwei
bin nicht zwei sondern drei
bin nicht drei sondern vier

in mir
unglaublich

bin sarkast komiker zyniker
immer wieder sohn
grossspurig überheblich

milieuausbildung

gezwungen sein
so zu sein wie ich nicht bin
ein anderer ist der der erträgt

erkennen

durch der wälder
grün verschwommenes licht
auf weite felder
fern ist die sicht

splitter fliegen im raum
ohne fenster
(der raum hatte wohl mal
gläser) und alle sind blind

sie leckte ihre knochen
und verrieb das gespeite
auf den gelenken
denn sie hatte gicht

sehe ich im spiegel zwei
die einander unbekannt
so weiss ich
nicht wer ich bin
der diese beiden sieht

o-ton

in wuppertal
ein kölner schaffner ist fröhlich
noch eine angenehme reise

in hagen
einer von zwei reisenden männern
the only thing is to put our fuck
genes into the next generation

viele wege führen an türen vorbei
und viele türen stehen an wegen
und man hört so manchen schritt
vorübergehen – anonym und fern

backenzahn

voll schmerz verlass ich münster
studenten assistenten oberärzte
professoren (auch die werden klein
geschrieben) haben einen zahn studiert

der tisch aus kiefer
meine nase schlürft an seinen kanten

ist manches noch so alt riecht es noch
simpel

heute
ein kopulierendes ameisenpaar
aus dem haar eines menschen vertrieben
unscheinbares ameisensperma
befruchtet nun seinen geist

denken

düster ummantelt
alle sorge ums nichts
mühsam suchen sie
ängste zum sterben

fehler
die andere begehen
können mir nicht passieren

das ist bestimmt richtig

keine gedanken mehr den gedanken
kein denken denkt gedanken
gedenken an gedanken
im gedicht

schau von gedankenleeren gedanken
danke

müder saft der tauben
gehört nicht mir
von jenen habe ich nur gehört
ich bin noch müder

ein gedanke steht auf
aus der erinnerung
im jetzt
und blickt mit
irgendeiner hoffnung
in die zukunft

ich stadtkind nie grillen gesehen nur
gehört wenn ich sie hörte nie sterne
so klar noch nicht mal geahnt dass
es so viele sind nie das quaken der
frösche das blöken der schafe den
wind bei nacht

unkonzentriert
in allen dingen sinne haben
in allen dingen herzschlürfen
in allen dingen mitreden
in allen dingen wissen wollen
und doch nicht
an einem ort sein können

flüchtiger geist

kann mit keinem wort
die weisse ente aus dem märz
ins leben heben

sie steckt im hecht
mit keinem saft ist sie zersetzt
selbst das weiss ist noch weiss

weist den hecht als philosophen aus
in allem liegt der lauf
wer weiss ums entlein bessere töne

dass sie leibhaftig lebendig
aus dem maul aus dem moder
des teichs wieder erscheine

bin vergesslich
kann nicht bis zum nächsten

wort denken
überlasse das denken

dem papier
meinem kugelschreiber

dem geistigen zufall
mich macht es wahnsinnig

wie verrückt ich werde weiss ich
nicht weiss das papier

lieben

jetzt ist gut

ich bin so glücklich mit ihr hand in
hand müsste ich mich an die sklaven
venedigs erinnern beim anblick der
stadt würde ich nicht im jetzt
schwärmen und mit ihr mich lieben
so unbeschwert und leicht jetzt ist
es gut dass sie bei mir ist

durch schluchten musste ich tanzen
nach rhythmen gestürzter idole
war besessen vom gift der skorpione
um die frau die ich liebte zu lieben

du
zu lange

drücktest dich durch
dauerte der abschied

wo bist du hin
dass ich hinter jeder wolke
und hinter jedem stein
dich suchte und nicht fand

wie will ich dich beschenken?
mit teurem öl und gold
mit feinen kleidern
von gucci oder joop?

wer hat sich all die schmach ausgedacht
die mich überkommt
und sich ins herz frisst
tausendfaches unkraut sät
wo ordnung war
und die liebe
voll missgunst hässlich macht?

abgestossen liegt geweih
weit in deinem schoss
längst ist der bast zerfetzt
der junge triebe schützte

wo der frost bleibend schäden wirkt
reissen lücken auf für dich
aus dem hinter unter bodengrund
wächst liebe
neu ist da die hoffnung
fast schon wissen
der frühling kommt
dein auge sieht dein herz erkennt
die boten sind nun deine diener
für das glück das dich umwirbt

münster ist wie eine geliebte
die ich verlasse ohne aufzuhören

sie zu lieben
münster lieben

und ihr mit köln fremd gehen
das ist die schönste rate der scheidung

ein strauss bunter blumen
ist die verschwendung der
schönheit und eleganz
vieler leben und anfänge der liebe

nicht eine liebe die alt macht
obwohl ich tausend wörter täglich
vergesse

nicht eine liebe die träge macht
obwohl ich tausend schmerzen täglich
erleide

nicht eine liebe die stumm macht
obwohl ich tausend dinge täglich
verschweige

du sternenglanz in meinen augen
rollst tief mit jeder träne ewig voll
ungewissheit muss ich träumen du
freie schöne du freie liebe

so sind gefühle leicht weiss ich um
deine liebesschwüre will mir mein
trauerflor nicht passen voll greiser
angst dein sein zu lassen

in mir ist die glasseele zerbrochen
kein ungetrübter blick ins ganze
dort liegen zwei sich an der wahrheit
brechende und nicht mehr verstehende

unheimliche tiefe

durst und hoffnungen kampf und schmerzen
verschmelzen verzehren begeistern
hier erst leben

leben teilen

ich wollte nur sie verstehen
den sinn des lebens spüren
aber vergebens die mühen

und jetzt die welt lieben

einen wertvollen schatz

birgt man allein
birgt man bei ruhiger see
birgt man bei tag
birgt man bei sternennacht

mit einem kuss

dann kommen alle sterne zusammen
hernieder

als unhebbarer schatz
in die herzen der lieben

glühende spitzen gegen
julia getrieben brennen
in ihr hass gegen
die armut der liebe

zeiten danach
hebammen küsst man nicht
auch wenn sie irgendwie
sonstwie heissen
und lindengrüne augen glänzen

milder liebestaumel
reisst mich in das glück
woher am tag der regen fiel
leuchten sterne ohne müh

eines tages heiratet die idee
eine kleine oder grosse
und hat zwei kinder

ich konnte nur lieben
was ich kannte
jetzt liebe ich die nacht
auf dem lande

landnacht

der alltag fiel in unser leben
heiter und plötzlich
und explodierte im
krieg und sprengte
unsere herzen auseinander
zum tod dieser liebe

ich vermisse dich sehr aber mehr
habe ich angst dass du mich in den
alltäglichkeiten vergisst und ich
alltag werde dass ich der ich nicht
alltag bin zu anstrengend werde oder
zu alltäglich wirke
aber mehr habe ich angst dass du
nicht nur mich lieben könntest
obwohl ich weiss dass ich nicht der
bin den du allein nur lieben willst

homerkraut wächst durch die füsse
äsopschnecken lecken an den beinen
die odyssee ist mein weg zu dir

in einer welt in der häuser wie burgen
gegen feinde stehen leidest du schwankst in
dir zurück und wieder vor noch ein schritt

wie ein greiser aber weiser junge an gummi
bändern rückschleudergefahr zermatschgefahr
schleudertrauma

die wände bleiben stehen oder zerbrö
seln lähmung die worte ohne liebe feiern
ihren rechtmässigen sieg

bis an die grenzen meines landes

ich liebe sie

deine schönsten jahre liebes leben

geb ich ihr

träumen

tropische laune zu rauchen
in meinem hirn windet rauch
sich zu träumen und wilden lüsten

traumlose alleen
traumlose alleen
und nach dem nebel fischen

die netze einholen und nichts fangen
leer sein
worte die man nicht mehr versteht

sich im spiegel nicht mehr erkennen
floskelhaft
sich aufgeben im wohlen konsum

wie die einsicht türen zu zimmern
öffnet in denen schon lange keine
frische luft wehte überhaupt geist sie
bewohnbar machte
hier lagen verstaubt kreativität und
ideale lebenspläne und träume
entkräftet
die kontrolle entschied sich für ein
zahmes wesen in der alltäglichen
einfachheit sich selbst genügend
ohne den gefährlichen tiefen sinn zu
bemühen

verlorener mittelpunkt der welt
wird gejagt von jägern
wenn die menschheit schläft
auf der suche nach erkenntnis

die weissen riesenwände
erheben sich im raum
der leer erfüllt ist
mit dem traum

an den lanzen unserer träume
hängt verklebt das rote blut
welches wir am morgen leugnen
und seine wahrheit scheuen

sternenzeit verrückter träumer
an deinem herzen liebt ein stern

brauchst nicht mehr wild zu fliegen
dein herz ist sternennah bei deiner

und alles glück lebt hier auf erden
nicht weit in anderen galaxien

sprechen

hast schöne worte schnell getan
um selbst sie zu verstehen
hast an andere menschen nicht gedacht
die schöne worte lieben

auf den kopf hängt dir der sittich
den tod in den käfig
und es stockt der atem auch dir
schon wieder eine stimme weniger

unverwandt verblümt gesagt
dem gegenüber nur diese eine meinung
bei ihnen ist es anders
bei ihnen piepst es

wenn der mensch dem menschen wehrt
mit panzern und mit fäusten
sind die worte schon besiegt
die den frieden wahren

es gibt menschen
die schreien mit menschen
wie mit hunden
arme hunde!

alles ist
poesie der wirklichkeit
nicht enthobenes
aber durchdringendes
nicht euphorisierendes
aber zur sprache gebrachtes
alles ist lyrik

copy

unisono universum
buchstaben clownen
wörter clownen
texte clownen
unisono universum

mein notizheft fegt die krümel
wie schnell das frühstück vorbei
wie langsam die gedanken fliegen
wie plötzlich dieser februar in köln

mein notizheft liegt in der sonne
wie blau die tinte darin
wie gelb die narzissen daneben
wie warm dieser februar in köln

mein notizheft sammelt buchstaben
wie wenige gescheite reihenfolgen
wie viele die buchstabensuppe hat
wie kurz dieser februar in köln

schneeverfallen geilheit suchen
schneehasen schneepoppen
schneeraupen schneeschieben
im sommer wie im winter
schneedichter schneedichten
auf weissem papier

ich schreibe nur noch blind
sonst müsste ich mich übergeben
beim anblick meiner gedanken
die wörter würden begraben
von der begrabenden realität

die kunst des lebens
den wahnsinn aushalten
ohne ganz irr zu werden
ventil wort

in ordnung?!

gedichte sind leerzeilen
des einfalls

gedichte sind pausen
des inneren

gedichte sind risiko
des wieimmers

flüchtig

Weitere Lyrikbände von Holger Burda:

zu lauschen (1998)

gegen den krieg (1999)

Ein Löffel Leben (2001)

Titelfoto mit freundlicher Genehmigung von
http://www.PhotoCase.de
Fotograf: Mirco Baumann

Originalausgabe
Februar 2004, Köln
Herstellung: Books on Demand GmbH, Norderstedt
Printed in Germany

ISBN 3-9806872-3-6